Another Sommer-Time Story™ Bilingual

No Longer A Dilly Dally

Nunca Más A Troche y Moche

By Carl Sommer
Illustrated by Kennon James

Advance PUBLISHING, INC. • HOUSTON
A Division of Sommer Learning Group

Permissions
Advance Publishing, Inc.
6950 Fulton St.
Houston, TX 77022

www.advancepublishing.com

First Edition
Printed in Malaysia

Library of Congress Cataloging-in-Publication Data

Sommer, Carl, 1930-
  [No longer a dilly dally. English & Spanish]
  No longer a dilly dally = Nunca más a troche y moche / by Carl Sommer ; illustrated by Kennon
James. -- 1st ed.
      p. cm. -- (Another Sommer-time story)
  Summary: The Dilly Dally family likes to play first, but after barely surviving a hard winter they
realize that the Work Play family's way makes more sense.
  ISBN-13: 978-1-57537-162-7 (library binding : alk. paper)
  ISBN-10: 1-57537-162-6 (library binding : alk. paper)
 [1. Insects--Fiction. 2. Work--Fiction. 3. Conduct of life--Fiction. 4. Spanish language materials--
Bilingual.] I. James, Kennon, ill. II. Title. III. Title: Nunca más a troche y moche.

PZ73.S6553 2008
[E]--dc22

                                                                                        2008002010

Another Sommer-Time Story™ Bilingual

No Longer A Dilly Dally

Nunca Más A Troche y Moche

Once there was a great city of ants—big and busy.
One day, two families decided to leave the crowded city and move to the country. They were Family Work Play and Family Dilly Dally.

Había una vez una gran ciudad de hormigas—enorme y atareada.
Un buen día, dos familias decidieron abandonar la poblada ciudad y mudarse al campo. Eran los Trabaja-Juego y los Troche Moche.

Family Dilly Dally packed all their things. They were eager to find a new place where they would have lots of fun.

La familia Troche Moche empacó todas sus cosas; estaban ansiosos por encontrar un lugar donde pudieran encontrar mucha diversión.

Family Work Play also packed all their things. They were sad to be leaving their friends in the city, but happy to be starting a new home in the country.

Both families waved good-bye to their friends, and off they went—out into the big, wide world.

La familia Trabaja-Juego también empacó todas sus cosas; los entristecía dejar a sus amigos de la ciudad, pero estaban contentos de comenzar una nueva casa en el campo.

Ambas familias se despidieron de sus amigos y allí partieron—al enorme y ancho mundo.

Papa Work Play immediately gathered his family together. "It takes a lot of hard work to build a new home. Let's get started right away."

Papá Trabaja-Juego reunió de inmediato a su familia. "Para construir una casa hace falta mucho trabajo. Empecemos ahora mismo".

Papa Dilly Dally immediately found a place to rest. "We have plenty of time to build a new home. Let's rest first and have some fun."

Papá Troche Moche de inmediato encontró un lugar para descansar. "Tenemos mucho tiempo para construir una nueva casa. Primero descansemos y nos divirtámonos un poco".

Family Work Play decided to look for a place where they could find lots of food. They searched long and hard until they found just the right place to build their home.

La familia Trabaja-Juego decidió buscar un lugar donde encontraran mucha comida. Buscaron mucho y durante mucho tiempo, hasta encontrar el lugar perfecto para construir su casa.

"This is an excellent place for us to find food," said Mama Work Play. Papa immediately began making plans for their new home.

"Este lugar es excelente para encontrar alimentos", dijo Mamá Trabaja-Juego, y de inmediato Papá empezó a hacer los planos para su nuevo hogar.

After a time of rest and play, Family Dilly Dally decided to look for a place where they could have plenty of fun. They searched for just the right place to build their house. They were excited when

Tras un tiempo de descanso y juegos, la familia Troche Moche decidió buscar un lugar con mucha diversión. Buscaban el sitio ideal para construir su casa, y se entusiasmaron al encontrar un

they found a large shade tree next to a beautiful lake. Although they had to walk far to get food, it was a perfect place for them to have lots of fun.

gran árbol de sombra, cerca de un hermoso lago. Aunque tenían que caminar bastante para conseguir comida, era el lugar perfecto para pasarlo muy bien.

Meanwhile Family Work Play went right to work. In their home it was early to bed and early to rise.

"We are Family Work Play!" Papa would say. "And that means we work first, then play. Every day we will have time to relax and play, but we must always do our work first."

Entretanto, la familia Trabaja-Juego se dedicó de inmediato a trabajar. En su casa todos se acostaban temprano y se levantaban temprano.

"¡Somos la familia Trabaja-Juego!", decía Papá. "Eso significa que primero trabajamos, y después jugamos". Todos los días tendremos tiempo para descansar y jugar, pero siempre debemos hacer primero nuestro trabajo".

In the mornings they dug their basement, and in the afternoons they gathered food.

"In a few months it will get bitter cold," Papa warned. "Let's work hard now so when winter comes we'll have a nice home and plenty of food."

In the evenings they relaxed and played.

Por las mañanas cavaban el sótano, y por las tardes recogían alimentos.

"En unos meses se pondrá terriblemente frío", advertía Papá. "Vamos a trabajar duro ahora, así cuando llegue el invierno tendremos una linda casa y comida en cantidad".

Al caer la tarde descansaban y jugaban.

All through the hot summer months, Family Work Play worked long and hard.

Durante todos los cálidos meses del verano, la familia Trabaja-Juego trabajó mucho, y durante muchas horas.

By late summer their house was almost finished, and their basement was nearly full. Still every day they gathered more food to make sure they would have enough for the coming winter.

A fines del verano ya casi habían terminado su casa, y el sótano estaba casi lleno de provisiones, pero salían cada día a recoger más comida, para asegurarse de tener suficiente cuando llegara el invierno.

Things were much different by the lake. Since Family Dilly Dally did not like hard work, they quickly built a tiny house. They wanted a nice, big home...but they would build it later. For now they just wanted to have fun—and lots of it.

In the evenings they stayed up late watching their favorite TV shows.

Junto al lago las cosas eran muy diferentes. Como a los Troche Moche no les gustaba trabajar duro, levantaron rápidamente una pequeña casita; ellos deseaban una casa grande y hermosa... pero la iban a construir después. Por el momento sólo querían divertirse—y mucho.

Por las noches se quedaban hasta tarde viendo sus programas favoritos en la tele.

Since they went to bed late, they slept late. Often they did not even bother going to bed.

Y como se acostaban tarde, se levantaban tarde. A veces, ni se metían en la cama.

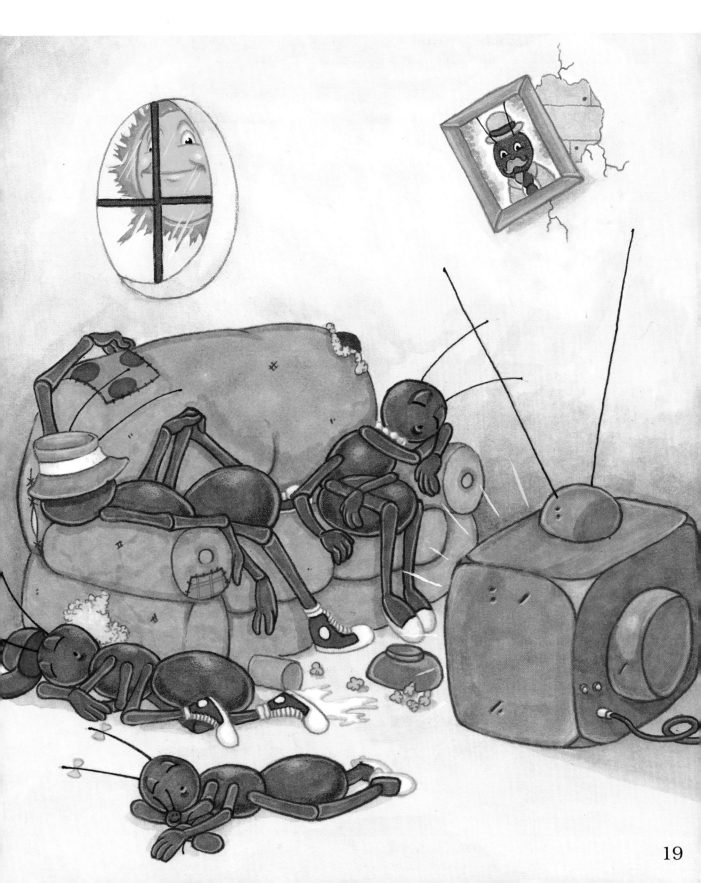

19

When they finally did wake up, it was already hot outside... much too hot to work. So they began their day by relaxing and playing under the big shade tree.

They waited until the cool evenings to look for something to eat. And since food was so far away, it was not long before someone would say, "It's getting dark. Let's go home."

"That's a good idea!" they all would agree.

And so it went—day after day, week after week. Family Dilly

Cuando al final se despertaban, ya hacía mucho calor... demasiado calor para ponerse a trabajar. Así que empezaban el día descansando y jugando bajo el gran árbol de sombra.

Esperaban el fresco de la caída del sol para buscar comida, y como estaba tan lejos, al poco tiempo alguno decía, "Se está haciendo de noche. Vamos ya a casa".

"¡Buena idea!", coincidían todos.

Así seguían—día tras día y semana tras semana. La familia

Dally gathered only enough food for the next day.

By the end of summer, Family Dilly Dally's small house was still unfinished. And they had no food stored for the winter.

But they had lots of fun.

Troche Moche sólo recogía la comida para el día siguiente.

Hacia el fin del verano, la pequeña casita de los Troche Moche estaba aún sin terminar, y no tenían ningún alimento para el invierno.

Eso sí, se habían divertido mucho.

Every day, as Family Work Play went to gather food, Family Dilly Dally would call out to them, "Come! Play ball with us."

"We can't play now," the hard-working ants would say. "We must work first, then we can play."

"Don't be so foolish!" Family Dilly Dally would say. "Be like us! We play first, then we work."

"Oh no! In our family, we work first."

Cada día, cuando los Trabaja-Juego salían a buscar comida, los Troche Moche los llamaban, "¡Vengan! ¡Juguemos a la pelota!"

"Ahora no podemos", contestaban las hormiguitas laboriosas. "Primero tenemos que trabajar, y después podremos jugar".

"¡No sean tontos!", les decían los Troche Moche. "¡Hagan como nosotros! Primero jugamos, y después trabajamos".

"¡De ningún modo! En nuestra familia se trabaja primero".

Mama Work Play felt sad for Family Dilly Dally. "We must warn our friends that unless they work first, things will be very hard for them when the cold winter comes."

A Mamá Trabaja-Juego la entristecía la familia Troche Moche. "Tenemos que advertirles a nuestros amigos que a menos que trabajen primero, cuando llegue el invierno las cosas se pondrán muy feas para ellos".

Mama Work Play went to Family Dilly Dally's home and knocked on the door. "Come in," called Mama Dilly Dally from her couch. "What brings you here?"

"I've noticed that you're not preparing for the coming winter," Mama Work Play warned. "It's going to get very cold, and then it will be hard to find food."

"Oh, don't worry about us," said Mama Dilly Dally sweetly. "Our family just loves to play. There's still plenty of time to get food for the winter. Anyway, thanks for coming."

Mamá Trabaja-Juego fue hasta la casa de los Troche Moche y golpeó la puerta. "Pasa", dijo Mamá Troche Moche desde su sofá. "¿Qué te trae por acá?"

"Me he dado cuenta de que no te estás preparando para el invierno", le advirtió Mamá Trabaja-Juego. "Va a hacer mucho frío, y va a ser difícil encontrar comida".

"Oh, no te preocupes por nosotros", le dijo Mamá Troche Moche con dulzura. "En nuestra familia nos encanta jugar. Todavía queda mucho tiempo para conseguir comida para el invierno. De todas formas, gracias por venir".

Mama Work Play left the house very sad. She felt sorry for Family Dilly Dally because she knew they were going to suffer much during the coming cold winter.

Mamá Trabaja-Juego salió de la casa muy triste. Lo lamentaba por los Troche Moche, porque sabía que iban a sufrir mucho en el crudo invierno que se acercaba.

When fall arrived, Family Work Play's basement was completely filled with food.

"I'm proud of the way you've worked," Mama Work Play told her children. "Now we have plenty of food for the winter."

Al llegar el otoño, el sótano de los Trabaja-Juego estaba repleto de alimentos.

"Estoy orgullosa de todo lo que han trabajado", les dijo Mamá Trabaja-Juego a sus niños. "Ahora tenemos mucha comida para el invierno".

"And we've finished building our home," said Papa Work Play. "Let's have some fun."

"Hooray!" shouted the children.

They packed some games and a basket full of food. Then they headed for the lake.

"Y ya terminamos de construir nuestra casa", dijo Papá Trabaja-Juego. "Ahora, a divertirnos".

"¡Hurra!", gritaron los niños.

Empacaron algunos juegos y una canasta llena de comida, y enfilaron hacia el lago.

They had a wonderful time at the lake.

"Since we're well prepared for winter," said Papa Work Play, "we'll have much more time to relax and play."

Now Family Work Play had fun.

En el lago lo pasaron muy bien.

"Como estamos muy bien preparados para el invierno" dijo Papá Trabaja-Juego, "ahora tendremos mucho más tiempo para descansar y jugar".

Ahora la familia Trabaja-Juego se divertía.

One windy day Papa Dilly Dally called his family together and sadly announced, "Fall is here, and that means we must begin to get food for the winter."

"Oh noooo...!" they all complained. "It's getting cold outside, and the food is far away!"

"We played first," Papa told them. "Now we must work!"

They finally headed out to search for food, but they moaned and groaned the whole time.

Now Family Dilly Dally had lots of work.

Un día de viento, Papá Troche Moche reunió a su familia, y con voz triste anunció, "Ha llegado el otoño, y eso significa que tenemos que empezar a juntar comida para el invierno".

"¡Oh, noooo...!", se quejaron todos. "¡Afuera se está poniendo frío, y la comida está muy lejos!"

"Nosotros jugamos primero", les dijo Papá, "y ahora tenemos que trabajar".

Finalmente salieron a buscar alimentos, pero protestaban y se quejaban todo el tiempo.

Ahora los Troche Moche tenían mucho que hacer.

Wintertime found Family Work Play in their warm, cozy home. No longer did they have to go out into the cold to find something to eat—their basement was full of food.

Now Family Work Play had lots of fun.

El invierno encontró a los Trabaja-Juego en su cálido y confortable hogar. Ya no tenían que salir al frío a buscar alimentos—tenían el sótano lleno de comida.

Ahora la familia Trabaja-Juego se divertía mucho.

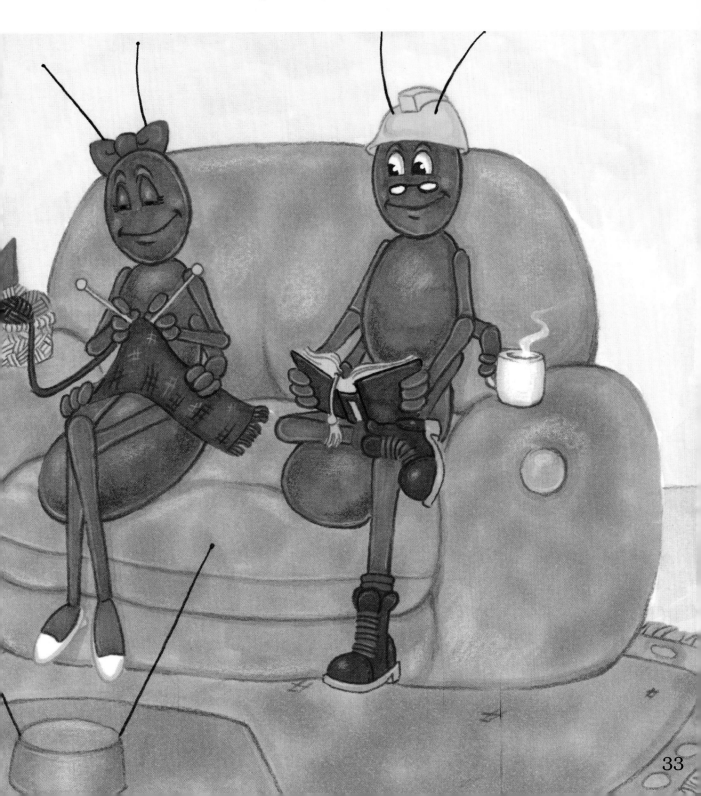

Wintertime found Family Dilly Dally in the cold outdoors. Leaves covered the ground, and it became very hard to find food.

Still every day they had to go out and search for something to eat. Now they had no time to play.

El invierno encontró a los Troche Moche a la intemperie, en medio del frío. El suelo estaba cubierto de hojas, y era muy difícil encontrar alimentos.

No obstante, cada día tenían que salir igual a buscar qué comer. Ya no tenían tiempo para jugar.

Soon it became bitter cold, and Family Dilly Dally had to dig through ice and snow to find food.

Every day it was the same—searching and digging, digging and searching—and still their tummies were never quite full. Although they grumbled and complained, it did them no good.

Now it was *all* work...and *no* play.

Pronto llegó el frío cruel, y los Troche Moche tenían que cavar en el hielo y la nieve para encontrar comida.

Cada día era igual—buscar y cavar, cavar y buscar—y ni siquiera así podían llenarse la pancita. Por más que se quejaran y protestaran, no les servía de nada.

Ahora todo era trabajo...y *nada* de juego.

"I've got a great idea!" said Papa Dilly Dally. "I'll ask Family Work Play for help. They have plenty of food."

When he went into their house, he was surprised by how nice and warm it was. "My, what a beautiful home you have!"

"Thank you," they said.

"Could you please give us food for the winter?" Papa Dilly Dally asked. "It's much too cold outside to be searching for food."

"¡Tengo una gran idea!", dijo Papá Troche Moche. "Les pediré ayuda a los Trabaja-Juego. Ellos tienen muchísima comida".

Cuando entró a su casa, se sorprendió al ver qué linda y cálida era. "¡Vaya, qué hermosa casa tienen!"

"Gracias", le contestaron.

"¿Nos podrían dar comida para el invierno, por favor?", pidió Papá Troche Moche. "Afuera hace demasiado frío para estar buscando qué comer".

"I'm sorry," said Papa Work Play, "but we don't have enough food for both our families."

Papa Dilly Dally left the house very sad. "I feel sorry for them," said Mama Work Play. "It's hard to find food in the cold winter. Shouldn't we *try* to feed them?"

"I feel sorry for them too," said Papa. "But if we feed them, they might never learn to work first. Besides, if they work very hard, they will find enough food—even if it gets icy cold."

"Lo siento", dijo Papá Trabaja-Juego, "pero no tenemos suficiente para las dos familias".

Papá Troche Moche salió muy triste de la casa. "Me dan mucha pena", dijo Mamá Trabaja-Juego. "Es difícil encontrar comida en el crudo invierno. ¿No deberíamos *intentar* darles de comer?"

"A mí también me dan pena", dijo Papá Trabaja-Juego, "pero si los alimentamos, tal vez nunca aprendan que primero hay que trabajar. Además, si se esfuerzan mucho, encontrarán suficiente comida—incluso si está helado".

In the middle of winter it turned icy cold. The snow was deep and finding food was harder than ever. Still every day—from sunrise to sunset—Family Dilly Dally had to trudge a long way through the deep snow to search for food.

En mitad del invierno el tiempo se puso realmente helado. La nieve era profunda, y encontrar comida era más difícil que nunca. De todas formas, cada día—del amanecer al ocaso—la familia Troche Moche tenía que abrir un largo camino a través de la nieve para buscar alimentos.

Day after day, week after week, Family Dilly Dally shivered as they dug in the snow. They were always hungry and cold...and thankful to find even a crumb. All the fun things that they had done were long forgotten.

Now it was nothing but Work!...Work!...And more work!

Día tras día, semana tras semana, los Troche Moche tiritaban mientras cavaban en la nieve. Tenían siempre hambre y frío...y agradecían si encontraban al menos una miga. Ya no se acordaban de todo lo que se habían divertido.

Ahora todo era ¡Trabajo...¡Trabajo...¡Y más trabajo!

Little by little the snow melted, and the frosty fields turned green again. Spring had arrived, and not a moment too soon for Family Dilly Dally.

It was not easy living through the cold, harsh winter. But they learned a lesson—the hard way.

Poquito a poco la nieve se fue derritiendo, y los campos helados reverdecieron otra vez. La primavera había llegado, y nunca fue tan bienvenida por la familia Troche Moche.

No fue fácil pasar el crudo y frío invierno, pero habían aprendido una lección—por las malas.

Papa Dilly Dally gathered his family together. He cleared his throat and slowly said, "I have something very important to say. I am no longer...a Dilly Dally!"
The kids were shocked. "What do you mean, Papa?"

Papá Troche Moche reunió a toda la familia. Se aclaró la garganta y dijo lentamente, "Tengo algo muy importante que decirles. ¡No soy más...un Troche Moche!"
Los niños estaban pasmados. "¿A qué te refieres, Papá?"

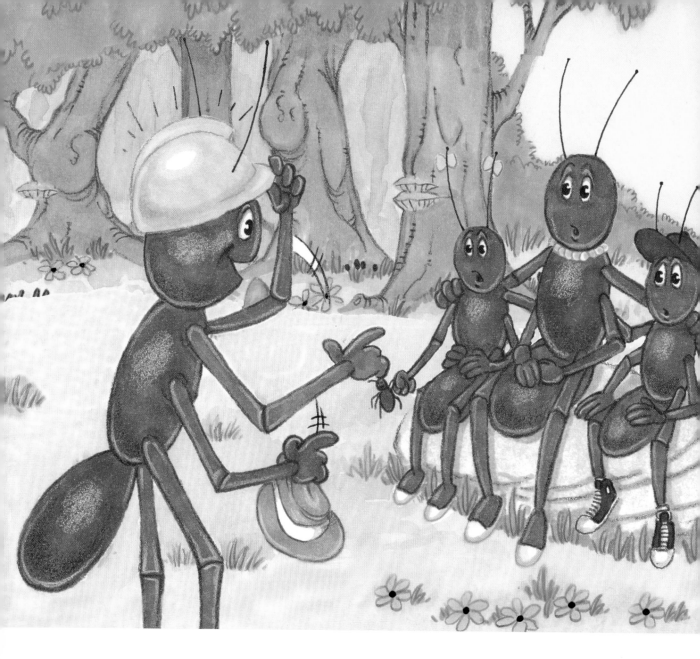

Papa put on a new hat—a work hat—and then explained, "I'm going to have a new name! We were foolish for playing first, instead of working first."

Mama agreed. "I don't want to be a Dilly Dally either!"

"Neither do we!" shouted the kids.

Just then some old friends came by.

"Hi there!" It was Family Work Play. "How's everything going,

Papá se puso un nuevo sombrero—un casco de trabajo—y explicó, "¡Me pondré un nuevo nombre! Fuimos unos tontos por jugar primero, en vez de trabajar primero".

Mamá asintió, "¡Yo tampoco quiero ser Troche Moche!"

"¡Ni nosotros!", gritaron los niños.

En ese instante llegaron unos viejos amigos.

"¡Hola!" Eran los Trabaja-Juego. "¿Cómo van las cosas, Troche

Mr. Dilly Dally?"

Papa pointed to his new work hat and said, "I'm no longer a Dilly Dally!"

"Neither are we!" shouted Mama and the kids. "We're changing our name."

Papa stood real tall. "From now on our new name will be... Family Work First!"

"Hooray!" cheered Mama and the kids.

Moche?"

Papá señaló su nuevo casco de trabajo y dijo, "¡Ya no soy más Troche Moche!"

"¡Nosotros tampoco!", gritaron Mamá y los niños. "Nos cambiamos el nombre".

Papá se puso muy erguido, "De aquí en adelante seremos...¡la familia Trabajo-Primero!"

"¡Hurra!", aplaudieron Mamá y los niños.

Family Work First wasted no time, but immediately went to work. They began building a new home right next to Family Work Play. In the mornings they dug their basement and built their home. In the afternoons they gathered food...

Los Trabajo-Primero no perdieron el tiempo, sino que se pusieron de inmediato a trabajar. Comenzaron a construir su nueva casa al lado de los Trabaja-Juego.

Por las mañanas cavaban el sótano y construían la casa; por las tardes, recogían comida...

46

...and in the evenings they relaxed and played.
Best of all, from that day on they lived up to their new name—
Family WORK FIRST!

...y al caer la tarde, descansaban y jugaban.
Y lo mejor es que a partir de ese día vivieron de acuerdo a su
nuevo nombre—¡la familia TRABAJO-PRIMERO!

Read Exciting Character-Building Adventures
★★★ Bilingual Another Sommer-Time Stories ★★★

978-1-57537-150-4

978-1-57537-151-1

978-1-57537-152-8

978-1-57537-153-5

978-1-57537-154-2

978-1-57537-155-9

978-1-57537-156-6

978-1-57537-157-3

978-1-57537-158-0

978-1-57537-159-7

978-1-57537-160-3

978-1-57537-161-0

All 24 Books Are Available As Bilingual Read-Alongs on CD

English Narration by Award-Winning Author Carl Sommer
Spanish Narration by 12-Time Emmy
Award-Winner Robert Moutal

Also Available! 24 Another Sommer-Time Adventures on DVD

English & Spanish

978-1-57537-162-7

978-1-57537-163-4

978-1-57537-164-1

978-1-57537-165-8

978-1-57537-166-5

978-1-57537-167-2

978-1-57537-168-9

978-1-57537-169-6

978-1-57537-170-2

978-1-57537-171-9

978-1-57537-172-6

978-1-57537-173-3

ISBN/Set of 24 Books—978-1-57537-174-0
ISBN/Set of 24 DVDs—978-1-57537-898-5

ISBN/Set of 24 Books with Read-Alongs—978-1-57537-199-3
ISBN/Set of 24 Books with DVDs—978-1-57537-899-2

For More Information Visit www.AdvancePublishing.com/bilingual